ÉTIENNE DESTRANGES

La Faute

DE

l'Abbé Mouret

PARIS

Librairie FISCHBACHER

(SOCIÉTÉ ANONYME)

33, Rue de Seine, 33

1907

La Faute

DE

l'Abbé Mouret

DU MÊME AUTEUR

~~~~~~

Etudes analytiques, critiques, thématiques

L'ATTAQUE DU MOULIN, d'*Alfred Bruneau*.

BRISÉIS, d'*Emmanuel Chabrier*.

CONSONNANCES ET DISSONANCES.

LE CHANT DE LA CLOCHE, de *Vincent d'Indy*.

EMMANUEL CHABRIER ET GWENDOLINE.

L'ENFANT-ROI, d'*Alfred Bruneau*.

L'ETRANGER, de *Vincent d'Indy*.

L'EVOLUTION MUSICALE CHEZ VERDI : AIDA, OTHELLO, FALSTAFF.

LES FEMMES DANS L'ŒUVRE DE RICHARD WAGNER, avec une préface d'*Alfred Bruneau* et vingt dessins d'*A. de Broca*.

FERVAAL, de *Vincent d'Indy*.

HÆNSEL ET GRETEL, d'*E. Humperdinck*.

KÉRIM, LE REQUIEM, LA BELLE AU BOIS DORMANT, PENTHÉSILÉE, LES LIEDS DE FRANCE, LES CHANSONS A DANSER, d'*Alfred Bruneau*.

LES INTERPRÈTES MUSICAUX DU FAUST DE GŒTHE (épuisé).

MESSIDOR, d'*Alfred Bruneau*.

NAÏS MICOULIN, d'*Alfred Bruneau*.

L'OEUVRE LYRIQUE DE CÉSAR FRANCK.

L'OEUVRE THÉATRAL DE MEYERBEER.

L'OURAGAN, d'*Alfred Bruneau*.

PROSERPINE, de *Saint-Saëns*.

LE RÊVE, d'*Alfred Bruneau*.

SAMSON ET DALILA, de *Saint-Saëns*.

SANCHO, de *E. Jaques-Dalcroze*.

TANNHÆUSER.

LES TROYENS, de *Berlioz*.

LE VAISSEAU FANTÔME.

Ouvrages divers

COLLOT D'HERBOIS A NANTES, d'après une pièce originale découverte dans les Archives de la Ville.

DIX JOURS A BAYREUTH.

LE THÉATRE A NANTES DEPUIS SES ORIGINES JUSQU'A NOS JOURS (1430-1901), avec dix gravures et un portrait.

NOTES DE VOYAGE.

SOUVENIRS DE BAYREUTH.

Étienne Destranges

La Faute

DE

l'Abbé Mouret

PARIS

Librairie FISCHBACHER

(SOCIÉTÉ ANONYME)

33, Rue de Seine, 33

—

1907

A

Madame Emile ZOLA

Respectueux Hommage

E. D.

La Faute

DE

l'Abbé Mouret

---◦---

Etude analytique et thématique

---◦---

I

Avec la *Faute de l'abbé Mouret*, Alfred Bruneau a réalisé, sous une forme quelque peu différente, un projet formé à l'aube de sa carrière. Il venait de donner son premier opéra, *Kérim*, écrit sur une légende orientale. A la recherche d'un nouveau livret, d'une humanité plus directe et plus proche de notre vie actuelle, l'idée lui vint d'écrire un drame lyrique sur cet adorable roman de la *Faute de l'abbé Mouret*, qui, avec le *Rêve*, forme, dans la colossale mais âpre histoire des *Rougon-Macquart*, une délicieuse oasis.

La *Faute de l'abbé Mouret* est un véritable poème, poème de l'Amour et de la Nature, de la Vie et de la Mort. Plus que tout autre, cet ouvrage, d'un lyrisme débordant, semblait destiné à inspirer un musicien. Monsieur Massenet, avec ce flair qui lui est particulier, l'avait bien compris ; il s'empressa donc d'obtenir de Zola l'autorisation d'en tirer un opéra. Aussi, quand le jeune compositeur inconnu, que venait de lui présenter l'architecte Frantz Jourdain, lui demanda à son tour l'*Abbé Mouret*, l'auteur de l'*Assommoir*, fut forcé de repousser sa requête. Mais, attiré immédiatement vers Alfred Bruneau par une vive sympathie, il lui offrit le *Rêve*, qu'il achevait en ce moment. Ce fut le point de départ de la collaboration féconde à laquelle nous devons tant de belles œuvres, encore discutées, mais que l'Avenir saura remettre à leur juste place, c'est-à-dire à la tête du répertoire contemporain.

Monsieur Massenet ne donna aucune suite à son projet d'écrire un opéra sur la *Faute de l'abbé Mouret*, mais l'autorisation lui ayant été accordée, il pouvait alléguer qu'il comptait toujours utiliser l'ouvrage. Cependant, quelques mois après la mort de l'illustre romancier, il se décida, après une démarche de Mme Zola, à renoncer à ses droits sur l'*Abbé Mouret*, droits que, pendant vingt-cinq ans, il n'avait point exercés.

Depuis sa première visite à Emile Zola, les idées de Bruneau touchant la *Faute de l'abbé Mouret* s'étaient peu à peu modifiées. Avec un sens très fin et très juste de l'optique théâtrale, il s'était rendu compte que le roman, tout en demeurant essentiellement musical, ne convenait pas, néanmoins, par certains côtés, au genre opéra. Il résolut d'en tirer une simple pièce et d'orner celle-ci d'une importante partition symphonique, de faire enfin ce que Bizet avait fait pour l'*Arlésienne*, et Grieg pour *Peer Gynt*.

Telle est la genèse exacte de l'ouvrage que M. André Antoine a monté avec un luxe inouï de décors dans cette vieille et lointaine salle de l'Odéon, aujourd'hui transformée et méconnaissable.

Le roman dont est tirée la pièce est l'un des chefs-d'œuvre de Zola et de la littérature française moderne. C'est, à la fois, un poème en prose, écrit dans un style merveilleux, et une pénétrante étude psycho-physiologique.

Dans un petit village de Provence, Les

Artaud, le curé Serge Mouret, jeune prêtre,
pieux, irréprochable, vit avec sa sœur
Désirée, une grande fille, un peu simple
d'esprit qui adore les bêtes et s'occupe
passionnément d'elles, et sa vieille servante
La Teuse. En dehors de ces deux femmes,
sa seule société est l'instituteur, le frère
Archangias, une brute fanatique, qui ne
connait que les coups et les malédictions.
L'abbé Mouret est profondément chaste ;
jamais une pensée mauvaise ne l'a effleuré.
Il a pour la Vierge Marie une dévotion
ardente ; il aime à se dire son esclave et
« rien n'était plus doux que ce mot d'esclave,
qu'il répétait, qu'il goûtait davantage sur
sa bouche balbutiante, à mesure qu'il
s'écrasait à ses pieds pour être sa chose,
son bien, la poussière effleurée du vol de
sa robe bleue ». Le frère Archangias, qui
a pour les femmes une répulsion instinc-
tive, n'approuve pas « cette dévotion parti-
culière à la Vierge, qu'il disait être un véritable vol fait à la dévotion de Dieu. Selon
lui, cela amollissait les âmes, enjuponnait
la religion, créait toute une sensiblerie
pieuse indigne des forts ». Mais la Nature
méconnue et niée, s'apprête à prendre une
éclatante revanche. Autour de Serge, tout

crie l'Amour et la Fécondité : la terre
brûlante, pâmée sous les rayons du soleil ;
les animaux, pour lesquels vit uniquement
Désirée ; les habitants des Artaud, dont le
curé est appelé, à chaque instant, à régu-
lariser les libres unions. Sans que le jeune
prêtre s'en doute, sans qu'il ait à soutenir
contre sa chair une lutte quelconque, la
Nature s'insinue en lui et se prépare à le
reprendre.

Un jour, l'oncle de Serge, le docteur
Pascal, celui-là même qui, plus tard, est
chargé par Zola de donner à l'histoire des
Rougon-Macquart, sa conclusion scienti-
fique, rencontre l'abbé sur la route. Il le
fait monter dans son cabriolet et l'emmène
dans une grande propriété abandonnée, le
Paradou, habitée par un vieux gardien
original, sorte de philosophe libre-penseur
et athée. Jeanbernat vit là avec sa nièce
Albine, qu'il a élevée librement parmi les
verdures gigantesques du parc et l'odeur
puissante de ses fleurs. Le prêtre aperçoit
la jeune fille et, inconsciemment, il en
emporte l'image gravée dans son cœur et
dans ses sens.

Un beau soir, dans sa chambre, l'abbé
Mouret est pris d'un malaise qu'il ne

s'explique pas tout d'abord. « La journée
entière entrait par les deux fenêtres ouvertes ; c'était, au loin, la chaleur des terres
rouges, la passion des grandes roches, des
oliviers poussés dans les pierres, des vignes
tendant leurs bras au bord des chemins ;
c'étaient, plus près, les sueurs humaines
que l'air apportait des Artaud, les senteurs
fades du cimetière, les odeurs d'encens de
l'église perverties par des odeurs de filles
aux chevelures grasses ; c'étaient encore
des vapeurs de fumier, la buée de la basse-
cour, les fermentations suffocantes des
germes. Et toutes ces haleines affluaient à la
fois en une même bouffée d'asphyxie, si
rude, s'enflant avec une telle violence
qu'elle l'étouffait. Il fermait ses sens, il
essayait de les anéantir, mais, devant lui,
Albine reparut comme une grande fleur
poussée et embellie sur ce terreau........
Le prêtre poussa un cri ; il avait senti une
brûlure à ses lèvres. C'était comme un jet
ardent qui avait coulé dans ses veines. »
L'abbé Mouret se jette aux pieds d'une
statuette de la Vierge. Il implore désespéré-
ment Marie dans une sorte de délire
mystique, puis, tout à coup, il tombe sur
le carreau, terrassé. Une fièvre cérébrale se

déclare. Le docteur Pascal est appelé. Avec sa perspicacité de vieux praticien, il comprend vite que c'est la prêtrise qui tue son neveu. Il déclare que Serge ne peut se guérir au presbytère. Il l'emmène au Paradou et le confie aux soins d'Albine. La jeune fille dispute le jeune prêtre à la mort et, ce qui est pis, à la folie qui le guettait.

Mouret, revenu à la vie, a tout oublié de son passé. Ce grand garçon de vingt-six ans se laisse vite gagner par le charme sain et fort qu'exhale cette fille de seize ans, grandie librement, sans entraves d'aucune sorte. Et c'est une adorable idylle qu'ils promènent tous les deux à travers les fourrés inextricables du vieux parc abandonné. Un beau jour, sous l'ombrage d'un arbre géant « dont la sève avait une telle force qu'elle coulait de son écorce, le baignait d'une buée de fécondation, faisait de lui la virilité de la terre » Albine et Serge écoutent enfin les voix du jardin. « Maintenant, il était le tentateur dont toutes les voix enseignaient l'amour. Du parterre arrivaient des odeurs de fleurs pâmées, un long chuchotement qui contait les noces des roses, les voluptés des violettes, et jamais les sollicitations des héliotropes

n'avaient eu une ardeur plus sensuelle. Du
verger, c'étaient des bouffées de fruits
mûrs que le vent apportait, une senteur
grasse de fécondité, la vanille des abricots,
le musc des oranges. Les prairies élevaient
une voix plus profonde, faite des soupirs
des millions d'herbes que le soleil baisait,
large plainte d'une foule innombrable en
rut qu'attendrissaient les caresses fraîches
des rivières, les nudités des eaux courantes,
au bord desquelles les saules rêvaient tout
haut de désir. La forêt soufflait la passion
géante des chênes, les chants d'orgue des
hautes futaies, une musique solennelle,
menant le mariage des frênes, des bou-
leaux, des charmes, des platanes, au fond
des sanctuaires de feuillage ; tandis que les
buissons, les jeunes taillis étaient pleins
d'une polissonnerie adorable, d'un vacarme
d'amants se poursuivant, se jetant au bord
des fossés, se volant le plaisir, au milieu
d'un grand froissement de branches. Et,
dans cet accouplement du parc entier, les
étreintes les plus rudes s'entendaient au
loin sur les roches, là où la chaleur faisait
éclater les pierres gonflées de passion, où
les plantes épineuses aimaient d'une façon
tragique, sans que les sources voisines

pussent les soulager, tout allumées elles-
mêmes par l'astre qui descendait dans leur
lit. »

Les deux jeunes gens ne résistent pas plus
longtemps à l'appel de toute la Nature ;
ils tombent dans les bras l'un de l'autre.
« Et le jardin entier s'abîma avec le couple,
dans un dernier cri de passion. Les troncs
se ployèrent comme sous un grand vent ;
les herbes laissèrent échapper un sanglot
d'ivresse ; les fleurs épanouies, les lèvres
ouvertes, exhalèrent leur âme ; le ciel, lui-
même, tout embrasé d'un coucher d'astre,
eut des nuages immobiles, des nuages
pâmés, d'où tombait un ravissement surhumain. Et c'était une victoire pour les
bêtes, les plantes, les choses, qui avaient
voulu l'entrée de ces deux enfants dans
l'éternité de la Vie. Le parc applaudissait
formidablement ».

En voulant regagner le logis, les amants
s'égarent à travers les taillis. Brusquement, ils se trouvent devant un pan
écroulé de l'immense muraille qui entoure
le Paradou. A travers la brèche, l'abbé
Mouret aperçoit tout le pays ; il reconnaît
le village des Artaud, la petite église, le
vieux presbytère. Peu à peu, la mémoire

lui revient. Et voici qu'une cloche lointaine
égrène « dans l'air endormi du soir les
trois coups de l'*Angelus* », rappelant à Serge
tout son passé. Bourrelé de remords, il
tombe à genoux en invoquant Dieu. A ce
moment, surgit Archangias. Véritable gen-
darme du Seigneur, le frère saisit le prêtre
et, brutalement, l'arrachant des bras
d'Albine, il le tire hors du Paradou.

L'abbé Mouret, que personne, aux Artaud, à part La Teuse, ne se doute avoir été
au Paradou, pendant sa maladie, est ramené
au presbytère par le congréganiste. Il reprend sa vie d'autrefois, mais il a perdu sa
tranquillité de jadis. Maintenant, le désir
tenaille sa chair ; il lui faut livrer contre
elle des luttes acharnées qui le brisent.

Au Paradou, Albine languit et se déses-
père. Le docteur Pascal essaye de persua-
der à son neveu de venir avec lui voir au
moins la jeune fille. Il refuse. Alors, celle-
ci se décide à une démarche hardie. Elle
se rend au presbytère et, avec la complicité
de Désirée, elle pénètre dans l'église où
Serge est en train de prier, non plus
devant la statue de la Vierge au doux sourire, mais aux pieds d'un grand Christ sai-
gnant. Une scène terrible a lieu. Albine

fait l'impossible pour reprendre son amant,
mais le prêtre résiste vaillamment, il
n'écoute rien et il finit par pousser la jeune
fille à la porte. « Albine, très pâle, reculait
pas à pas. Quand il se tut, la voix étranglée,
elle dit gravement :

« — Alors, c'est fini, tu me chasses ? Je
suis ta femme pourtant. C'est toi qui m'as
faite. Dieu, après avoir permis cela, ne
peut nous punir à ce point.

» Elle était sur le seuil. Elle ajouta :

» — Ecoute, tous les jours, quand le
soleil se couche, je vais au bout du jardin,
à l'endroit où la muraille est écroulée... Je
t'attends ».

Albine partie, la tentation revient plus
forte. Dieu, maintenant, abandonne Serge,
qui se prend à le blasphémer et à nier son
existence. Pendant trois jours, il lutte ;
puis, brusquement, il se décide à rejoindre
Albine. Quand il arrive devant la brèche du
mur où lui a donné rendez vous sa maîtresse, il aperçoit Archangias endormi,
vautré par terre, barrant de son grand
corps l'entrée du Paradou. Le frère, depuis
le retour du prêtre, le surveille étroite-
ment pour l'empêcher de retourner à son
péché.

2

« Il ronflait au milieu des ronces, la face au soleil, sans que son cuir tanné eût un frisson. Un essaim de grosses mouches volaient au-dessus de sa bouche ouverte. L'abbé Mouret le regarda un moment. Il enviait ce sommeil de saint roulé dans la poussière. Il voulut chasser les mouches ; mais les mouches, entêtées, revenaient se coller aux lèvres violettes du frère, qui ne les sentait seulement pas ».

Serge enjambe Archangias et rejoint Albine, qui l'attend, fidèle, au rendez-vous. Mais, quelque chose est mort entre eux ; ils ont beau s'enfoncer dans le Paradou, tout jauni, maintenant, par l'automne, ils n'y retrouvent plus les exquises sensations de jadis. Serge, bientôt, se fatigue ; il s'affaisse, harassé ; en vain, la jeune fille veut le relever, il retombe. « Tu as menti, crie-t-elle, tu ne m'aimes plus ! » Serge proteste faiblement, mais les mots sont seulement sur ses lèvres. Albine entraîne alors l'abbé « sous l'arbre géant, à la place même où elle s'était livrée et où il l'avait possédée ; c'était la même ombre de félicité, le même tronc qui respirait ainsi qu'une poitrine, les mêmes branches qui s'étendaient au loin, pareilles à des membres

protecteurs. L'arbre restait bon, robuste,
puissant, fécond. Comme au jour de leurs
noces, une langueur d'alcôve, une lueur de
nuit d'été mourant sur l'épaule nue d'une
amoureuse, un balbutiement d'amour à
peine distinct, tombant brusquement à un
grand spasme muet. traînaient dans la
clairière, baignée d'une limpidité verdâtre.
Et au loin, le Paradou, malgré le premier
frisson de l'automne, retrouvait, lui aussi,
ses chuchottements ardents. Il redevenait
complice. Du parterre, du verger, des
prairies, de la forêt, des grandes roches, du
vaste ciel, arrivait de nouveau un rire de
volupté, un vent qui semait sur son passage
une poussière de fécondation. Jamais le jardin, aux plus tièdes soirées de printemps,
n'avait des tendresses aussi profondes qu'aux
derniers beaux jours, lorsque les plantes s'en-
dormaient en se disant adieu. L'odeur des
germes mûrs charriait une ivresse de désir à
travers les feuilles plus rares. » Mais Serge,
cette fois, reste sourd à tous les appels de
la Nature. Il ne sait plus que pleurer.
Albine « le prit elle-même d'une étreinte
farouche. Ses lèvres se collèrent sur ce
cadavre pour le ressusciter. Et Serge n'eut
encore que des larmes. » Alors, mépri-

sante, résolue, Albine le chasse de buisson
en buisson jusqu'à la brèche. De retour
aux Artaud, ramené encore par Archangias,
réveillé, qui le foudroie de ses reproches, le
prêtre remercie le « Ciel de lui avoir cassé
les reins », d'avoir éteint sa chair. En dehors
de la vie, en dehors des créatures, en
dehors de tout, il est maintenant à Dieu
seul, éternellement.

. Albine, ayant perdu tout espoir, se résout
à mourir. Elle cueille dans le parc une
moisson de fleurs, en emplit sa chambre,
bouche les interstices de la porte et des
fenêtres avec des tampons de verdure odo-
rante, puis elle va se coucher sur le lit
couvert de jacinthes et de tubéreuses.

« Ne bougeant point, les mains jointes
sur son cœur, elle continuait à sourire,
elle écoutait les parfums qui chuchotaient
dans sa tête bourdonnante ; ils lui jouaient
une musique étrange de senteur qui l'en-
dormait lentement, très doucement.

. . . .

. » Elle, les mains de plus en plus serrées
contre son cœur, pâmée, mourante, hale-
tait ; elle ouvrait la bouche, cherchant le
baiser qui devait l'étouffer, quand les
jacinthes et les tubéreuses fumèrent,

l'enveloppèrent d'un dernier soupir si pro-
fond, qu'il couvrit le chœur des roses.
Albine était morte dans le hoquet suprême
des fleurs ».

La nouvelle de la mort d'Albine est
apportée au presbytère par le docteur Pascal, qui a soin de faire savoir aussi à son
neveu que la jeune fille était enceinte.
L'abbé Mouret ne peut que prier pour son
ancienne maîtresse. Malgré le frère Archangias, il décide que la suicidée sera enter-
rée religieusement. Impassible en appa-
rence, il célèbre la cérémonie funèbre. Au
cimetière « pâle dans sa chasuble noire, la
tête droite, chantant sans un tremblement
des lèvres, les yeux fixés au loin, devant
lui », il psalmodie les derniers versets du
chant des morts. Alors survient Jeanbernat.
Depuis longtemps, une haine existe entre
le vieil athée du Paradou et le frère des
écoles chrétiennes. Jeanbernat s'avance
vers Archangias et, froidement, il lui abat
d'un coup de couteau l'oreille droite; puis
il s'en va sans qu'on songe à le retenir. Et,
tout à coup, pendant que le cercueil des-
cend dans la fosse, un tapage épouvan-
table monte de la basse-cour qui se trouve
derrière le mur du cimetière; tous les

animaux sont en émoi ; c'est un brouhaha énorme. « Et par dessus toute cette vie bruyante du petit peuple des bêtes, un grand rire sonnait. Il y eut un froissement de jupe. Désirée, décoiffée, les bras nus jusqu'au coude, la face rouge de triomphe, parut les mains appuyées au chaperon du mur. Elle devait être montée sur le tas de fumier.

» — Serge ! Serge ! appela-t-elle.

» A ce moment, le cercueil d'Albine était au fond du trou. On venait de retirer les cordes. Un des paysans jetait une première pellée de terre.

» — Serge ! Serge ! cria-t-elle plus fort, en frappant des mains, la vache a fait un veau ! »

Et le livre se termine sur ce frappant contraste de la Mort et de la Vie et du continuel triomphe des énergies créatrices sur les puissances destructives.

Alfred Bruneau a transporté à la scène la *Faute de l'abbé Mouret* avec une piété fervente, une tendre délicatesse. On a dit que le scenario de la pièce avait été fait par Emile Zola lui-même et qu'il avait été

trouvé, après sa mort, dans ses papiers. Il
n'en est rien ; le drame a été entièrement
conçu et exécuté par Bruneau. Certes, la
besogne n'était pas des plus faciles, car les
descriptions et les analyses psycho-pysio-
logiques occupent la plus grande partie du
roman. Bruneau est arrivé, néanmoins, à
en donner la quintessence, choisissant avec
une extrême habileté les scènes les plus
propres à constituer une pièce, pièce spéciale, il est vrai, drame-féerie comme le
livre est un roman-poème. L'adaptation
théâtrale de la *Faute de l'abbé Mouret* restera
comme l'une des plus exquises tentatives
artistiques qui aient été réalisées. Les principaux épisodes de l'œuvre primitive sont
condensés en 4 actes et 14 tableaux. Le
drame finit par la mort d'Albine dans les
fleurs. Je regrette que Bruneau n'ait pas
suivi le roman jusqu'au bout et ne nous
ait pas fait assister à la scène du cimetière,
quelque impression terrible elle eût risqué
de produire. Huit tableaux sont consacrés
au Paradou. Tous ces tableaux, très courts,
où le geste tient souvent presque autant de
place que la parole, sont reliés entre eux
par des symphonies admirables. La Musique
remplace ici le Verbe et tient, dans le

drame, la place des descriptions merveil-
leuses du livre.

II

Pour accompagner le drame, Alfred Bruneau a composé une partition considérable.
Je parlerai brièvement du premier, —
l'analyse du roman me dispensant d'entrer
dans de longs détails, — mais j'étudierai
de près l'œuvre symphonique. Elle ne comprend pas moins de quinze numéros, dont
quelques-uns très developpés, comme le
dernier, par exemple, divisé en sept par-
ties, qui auraient pu former, chacune, un
numéro spécial.

La partition débute par une véritable
ouverture, la première que Bruneau ait écrite
depuis l'*Ouverture Héroïque* qu'il fit jouer,
chez Pasdeloup, au début de sa carrière,
en 1884. Faut-il rappeler, en effet, que toutes
ses autres œuvres sont précédées de simples
préludes ? Cette importante préface commence par un très beau thème, emprunté
à la liturgie catholique, celui de l'*Alma
Redemptoris mater*. Déroulé sans accom-

pagnement par deux grandes flûtes, il symbolise l'*Eglise*,

non pas l'Eglise considérée en tant que
monument, mais l'Eglise prise dans son
acception spirituelle et morale, l'Eglise
dépositaire du dogme, l'Eglise qui impose
à tous les siens son empreinte caractéris-
tique. Le choix de ce thème est particuliè
rement heureux, l'abbé Mouret ayant pour
la mère du Sauveur l'ardente dévotion que
l'on sait.

Les violons reprennent la mélodie de
l'*Eglise* (1), sur des broderies des altos et
des violoncelles ; la clarinette lui fait subir
ensuite un développement de quelques
mesures. Un renversement de l'un de ses
fragments apparaît au hautbois, p. 2,
m. 9, 10, puis un nouveau développement

confié, cette fois, au quatuor, amène au
Très Modéré de la p. 3, une première transformation, en valeurs diminuées et combi-
née en canon, du thème initial, lancée *for-
tissimo* par les bassons, les violoncelles et
les basses, auxquels répondent les flûtes, les
hautbois, les clarinettes et la trompette.
Même page, m. 7, 8, 9, 10, le motif de
l'*Eglise* (1), transformé plus profondément,
devient aux violons et aux altos, une formule d'accompagnement, enveloppant de
ses doubles croches, en groupes de 5 notes,
un nouveau thème qui, par la voix des
trombones et du tuba, affirme la toute-
puissance de la *Nature* et l'éternité de ses
lois, qu'on n'enfreint pas impunément.

Ce motif, si frappant dans sa simplicité,
se fait entendre à deux reprises. La première transformation de l'*Eglise* (1), revient
alors dans la tristesse du mode mineur,
pour s'effacer bientôt devant le thème de la
Nature (2), qui clame de nouveau deux fois,
accompagné de même façon, dans la joie du
mode majeur.

Sous un nouveau dessin en doubles croches, mais en sextolets, qu'effectuent les bassons, les altos et les violoncelles, — dessin basé encore sur une autre transformation de l'*Eglise*, — apparaît, p. 4, à l'*Assez Animé*, la mélodie d'*Amour*. Elle est d'abord chantée par les flûtes, les clarinettes et les violons, continuée par les violons seuls, puis par les flûtes, les hautbois et les violons.

Cette phrase offre une particularité très remarquable et sur laquelle il est nécessaire d'insister. Par une ingénieuse et profonde idée de penseur et de philosophe, Bruneau a constitué le motif d'*Amour* avec celui de l'*Eglise* traité par renversement et par augmentation.

A l'*Animé* de la p. 6, le hautbois, auquel se joint la clarinette à la reprise de la phrase, une tierce plus haut, continue le

renversement augmenté du thème ecclésiastique, pendant que le cor déroule en
canon, le même fragment. Ce passage
correspond à la mesure 8 de la première
page. Le motif d'*Amour* revient dans un
mouvement un peu plus rapide et il subit
à la page 7, un développement intéressant.

.La belle ampleur de la mélodie est brusquement interrompue, p. 8, au *Modéré*,
par un motif brutal, commencé par les
bassons, les cors, les altos et continué, à
partir de la troisième mesure, par les cors
seuls.

Modéré et Lourdement accentué

Cette phrase, spéciale au frère Archangias, symbolise la *Laideur Méchante*, la
repoussante vulgarité du congréganiste.

Nous connaissons, maintenant, tous les
éléments constitutifs de l'ouverture. Elle ne
mettra plus en œuvre que ces quatre *leitmo-*

tive. A l'*Animé* de la p. 8, la *Nature* reparaît aux trombones et au tuba, puis aux trompettes, en canon, sous le dessin en groupes de 5 notes issu du motif de l'*Eglise* (1). Page 8, dernière mesure, la seconde partie du motif de la *Laideur Méchante* (4) est murmurée par les bois, moins les bassons, et p. 9, m. 2, 3, 4, par les flûtes, les clarinettes et les violons *pizzicati*, tandis que la *Nature* (2), vibre encore aux trombones et au tuba. Au C de cette page, une des transformations en valeurs diminuées de l'*Eglise* (1), est lancée, d'un petit ton railleur, par le hautbois. Même page, dernière mesure, aux violoncelles et aux contrebasses, légère transformation de la *Nature* (2). Le thème de l'*Eglise* (1), revient encore ; cette fois, sous sa forme principale, p. 10, m. 6, 7, 8, tantôt aux violons, tantôt au cor, accompagné par un intéressant contrepoint tiré du même thème et confié aux autres cordes. Après un retour aux bassons du motif de la *Laideur* (4), retour qui se reproduit p. 11, la phrase de l'*Eglise* (1), continue en modulant et avec le canon de plus en plus rapproché. La mélodie liturgique (1), chantée par les violoncelles et les contrebasses, auxquels viennent bientôt se joindre les bassons, s'unit au *Modérément Animé* de la page 12, à un fragment transformé de la *Laideur Méchante* (4), qui est traitée par les violons en formule d'accompagnement. Quand, un peu plus loin, ce dernier motif revient sous sa forme première aux quatre cors et aux altos, la petite flûte s'ajoute aux violons pour persifler la grossièreté du frère.

On retrouve ensuite le motif d'*Amour* (3), successivement superposé à ceux de la *Nature* (2), de l'*Eglise* (1), sous l'une de ses formes, et de la *Laideur* (4). Les trombones et le tuba proclament, maintenant, le chant de l'*Alma Redemptoris mater* sous un développement de l'*Amour* (3), confié aux bois moins les bassons et aux violons ; puis les trompettes, les trombones et le tuba ayant lancé, encore une fois, les quatre notes triomphales de la *Nature* (2), l'ouverture se poursuit par la reproduction identique, — à part quelques légers changements dans l'instrumentation et sauf que la tonalité n'est plus la même, — du passage compris entre l'*Animé* de la page 6 et le *Modéré* de la p. 8. Enfin, les sonorités s'apaisent pour laisser les flûtes murmurer paisiblement le motif de l'*Eglise,* qui termine le morceau

comme il l'a commencé, mais, maintenant,
sur un bel accompagnement. Cette ouverture, solidement construite, logiquement
développée, orchestrée avec une sobriété
qui exclue tout clinquant, est une page
symphonique de tout premier ordre.

Quand le rideau se lève sur une pièce du
presbytère, le hautbois et la clarinette
chantent alternativement un des fragments
du motif de l'*Eglise* (1) ; celui de l'*Amour* (3),
murmure aux violons, puis les flûtes
reprennent encore le même fragment du
thème liturgique pendant que l'abbé Mouret, son bréviaire en main, lit un passage
de l'*Alma Redemptoris mater.*

Le premier acte est, au point de vue
scénique, un modèle d'exposition. Tous
les personnages, les principaux comme les
secondaires, sont présentés et peints d'inou-
bliable façon. Successivement, nous assis-
tons aux efforts du curé pour marier le
grand Fortuné avec la jeune Rosalie, dont
la culbute dans les blés a eu des suites ;
aux refus du père Bambousse qui ne veut
pas donner sa fille à un gars sans le sou ;
aux élans de tendresse de Désirée pour ses
bêtes ; aux répugnances de l'abbé pour
celles-ci ; aux malédictions du frère Archan-

gias contre les vices du village, la faiblesse
du curé et son culte pour la Vierge ; à la
sollicitude bavarde de la vieille Teuse et à
ses grognements continuels ; à la joie de
Désirée à la vue d'un nid de merles qu'Albine vient de lui donner ; à la courte appa-
rition de celle-ci sur le chemin, dans un
vibrant éclat de rire ; à la visite du docteur
Pascal qui amène, entre l'abbé Archangias
et la Teuse, une conversation renseignant
les auditeurs sur le Paradou et ses habitants ; à l'arrivée des filles du village se
rendant dans la pauvre église, à l'occasion
du mois de Marie ; aux troubles de l'abbé,
une fois sa journée finie ; enfin, à la terrible
angoisse qui monte de sa chair d'homme
vierge et le jette, inanimé, sur le carreau.

Il était impossible de résumer d'une
façon plus claire et plus théâtrale, les
137 pages qui forment toute la première
partie du célèbre roman.

Quand le prêtre s'évanouit, les flûtes, les
hautbois, les clarinettes, les violons et les
altos lancent, en valeurs augmentées, le
fragment A du motif du *Rire d'Albine* (6),
que nous allons trouver, sous sa forme
principale, au prélude du premier tableau
du deuxième acte.

Dans cette page, nous faisons connais-
sance avec plusieurs thèmes. C'est d'abord
celui du *Paradou*, p. 20, m. 1, 2, 3, 4.

Ce superbe motif, d'un caractère si expres-
sif, est exposé *pianissimo* et sans accompagnement, par les violoncelles et les basses.

Le thème du *Rire d'Albine* « ce rire pareil
à la phrase cadencée d'un oiseau », se rencontre p. 20, m. 5, 6.

Comme on le voit, ce motif, tout éclatant de
joie et rutilant de lumière, se divise en
deux fragments qui, très souvent, sont
employés séparément. Le premier est dit
par trois cors, le second par la flûte. Les
violoncelles et les basses déroulent encore
la phrase du *Paradou* (5), mais, cette fois,
légèrement altérée. Le *Rire d'Albine* (6)

réapparaît, avec une instrumentation un peu différente. A la seconde mesure de la p. 21, tandis que le fragment B pétille aux flûtes et aux clarinettes, les altos et les violoncelles reprennent, au-dessous, le motif du *Paradou* (5).

Un thème, d'une pénétrante douceur, celui de la *Tendresse d'Albine*,

est exposé, par les premiers violons, au *Très Modéré* de la page 21. Au *Plus Lent* de la même page, superposé à une transformation de la *Nature* (2), alternant aux bassons et aux clarinettes, émerge, sussuré par la flûte, un autre motif spécial à Albine, celui de la *Passion*.

A l'*Assez Animé* de la p. 22, sur une

autre transformation de la *Nature* (2), dite
par les violoncelles que les bassons ne
tardent pas à venir renforcer, le motif
d'*Amour* reparaît transformé d'abord, aux
clarinettes, ensuite aux violons. Page 23,
après deux retours de plus en plus vibrants
de la *Tendresse* (7), la *Passion* (8), éclate *ff*
aux bois, moins les bassons, aux trompettes et aux violons, pendant que les
trombones et le tuba ramènent la forme
précitée de la *Nature*. On réentend les
fragments B et A du *Rire d'Albine* (6), puis
le thème d'*Amour* (3), revient deux fois,
séparées, p. 24, m. 2, par un renversement
de ce même thème. Le motif de la *Tendresse* (7), exhalé par les premiers violons,
se superpose à celui du *Paradou* (5), que
murmurent les violoncelles et les basses.
Le fragment A du *Rire d'Albine* (6), reparaît
pour s'effacer quand le rideau s'ouvre,
devant une nouvelle forme du thème de la
Nature (2), qui monte des violoncelles
aux seconds violons en passant par les
altos.

Nous sommes, maintenant, dans la
chambre d'Albine où Serge est soigné.
Certains critiques ont déclaré la situation invraisemblable et inadmissible, rien

n'avertissant le public des circonstances
qui ont amené l'abbé au Paradou. Ces critiques sont de ceux qui ne savent pas écou-
ter. Plusieurs mots échangés, au début de
l'acte, entre le docteur Pascal et la jeune
fille expliquent la présence de Serge dans la
chambre. Néanmoins, il n'eût peut-être
pas été inutile d'y insister davantage.
Quelques lignes de plus dans le rôle du
docteur eussent suffi à éclairer, de façon
très nette, la situation.

Serge est aujourd'hui en pleine conva-
lescence, mais il se méfie encore de ses
forces. Albine l'encourage à la suivre et,
brusquement, ouvrant toute grande la porte
de la chambre, elle entraîne le jeune
homme, encore hésitant, dans les vastes
profondeurs du vieux parc.

Nous entrons, maintenant, dans la partie essentiellement lyrique de l'ouvrage.
Un interlude, intitulé la *Joie du Jardin*,
relie le second tableau au troisième. Cette
symphonie, plus courte que les précédentes
mais non moins belle, ne met en œuvre
aucun nouveau motif. Elle est entièrement
construite sur des formes diverses du
thème du *Paradou* (5), qui se superposent
les unes aux autres pour constituer une

page tout étincelante de chaude lumière et
d'allégresse vibrante.

Le motif du *Paradou* (5), chante d'abord
à la grande et à la petite flûte, aux hautbois aux clarinettes et aux violons, et se
développe en une expansion chaleureuse
où les trompettes, à certain moment, jettent
leur éclat, pendant que les bassons, les
cors et les altos brodent, en formule
d'accompagnement, une première transformation du même thème. Une seconde
transformation se rencontre p. 25, m. 7, 8,
aux mêmes instruments. Au I⁰ʳ *Mouvement*
de la page 26 et page 27, le *Paradou* (5),
est redit, en sa forme initiale, tantôt par les
quatre cors en imitation, toujours sur la
même figure d'accompagnement signalée
au début de l'interlude. Deux autres transformations du thème du jardin (5), sont
encore à citer : l'une, p. 27, m. 7 et suiv., aux
flûtes, aux hautbois et aux violons ; l'autre,
même page, m. 11, 12, 13, aux bassons, au
troisième trombone, au tuba, aux violoncelles et aux basses. La phrase du *Paradou* (5), subit alors un très brillant développement, puis elle s'éteint à la flûte après
avoir passé, sous sa forme principale, aux
bassons, aux violoncelles et aux basses,

puis aux altos, enfin, aux violons et, sous
l'une de ses formes diminuées, au basson,
à la clarinette et au hautbois.

« Quand le rideau s'ouvre, Serge est
immobile dans la pluie de soleil. Il regarde
le parc émerveillé ». Après avoir échangé
avec Albine quelques mots de surprise et
d'admiration, il se laisse conduire par la
jeune fille vers le bois de roses. Le rideau
se ferme et la symphonie recommence.

Au début de l'interlude, le motif du
Paradou (5), murmure successivement à la
flûte, au hautbois et au cor, cette troisième
fois sous une nouvelle modification. Apparaît alors le premier des thèmes consacrés
aux fleurs. Ces thèmes joueront désormais
un grand rôle dans la symphonie. Pour en
fixer la physionomie mélodique, Bruneau
a suivi, avec une fidélité admirable et une
adresse rare, les indications très précises
du roman d'Emile Zola. A l'*Assez vif* de la
page 29, les flûtes exposent l'un des deux

charmants motifs particuliers aux *Roses.*
Celui-ci s'applique à l'extériorité de la
fleur, à sa forme ; le second que l'on trouve
p. 30, m. 5 et suiv., aux flûtes et à la clarinette

a une signification plutôt musicale. Il
figure le chœur des roses. « Les rosiers
avaient des voix chuchotantes », est-il dit
dans le roman.

Le thème 9 reparaît plusieurs fois, aux
flûtes, puis au hautbois. Page 30, m. 13 et
suiv., les clarinettes font entendre un renversement de ce même motif qui, sous sa
forme principale, continue aux flûtes. A
l'*Assez vif* de la p. 31, les violons ramènent
la phrase d'*Amour* (3), sur le thème des
Roses (9), qui s'épanouit aux altos et s'efface
à deux reprises devant celui du *Rire
d'Albine* (6 A), lancé légèrement, en valeurs
augmentées, par les trompettes. Le second

motif des *Roses* (9 *bis*), se retrouve p. 32,
m. 8 et suiv., cette fois aux flûtes, aux hautbois, aux clarinettes et aux trompettes. Le
fragment A du *Rire d'Albine* (6), revient
encore, mais combiné, maintenant, avec
sa forme renversée ; le fragment B, augmenté lui aussi, pétille aux hautbois. Le
fragment A, les deux motifs des *Roses*
(9 et 9 *bis*), occupent ensuite l'interlude
jusqu'à l'ouverture du rideau.

« Serge et Albine jouent dans le bois de
roses à se jeter des poignées de roses. Ils
se poursuivent en riant, puis Serge s'as-
seoit sur un banc et tend son visage à
Albine pour qu'elle le couvre de roses. Il
reste immobile un instant sous l'avalanche.
Albine se penchant, lui baise les yeux, la
bouche, soufflant ses baisers pour faire envo-
ler les roses. Et tout d'un coup elle s'arrête. »

Cette scène muette se déroule sur le
premier motif des *Roses* (9), alternativement murmuré par les flûtes et le basson
et sur celui de la *Tendresse* (7), affirmé par
les hautbois et les clarinettes. Serge et
Albine s'interrogent mutuellement sur leur
âge. L'amour croît, à chaque instant, entre
eux et Mouret, dans un mouvement d'élan,
déclare à Albine : « Si je t'abandonnais un

jour, que mon corps se sèche ainsi qu'une herbe inutile et mauvaise. » Sous ces mots, les clarinettes ramènent *pianissimo* le motif d'*Amour*, sur de longues tenues de la trompette et des trombones. Les deux amoureux s'en vont par un sentier et la symphonie reprend. Elle va nous conter, pendant le changement de décor, leur promenade à travers le parterre avant leur arrivée au verger.

Les flûtes redisent, d'abord, le motif des *Roses* (9), en sa forme principale, qui se superpose, p. 35, m. 17, 18, 19, 20, à sa forme renversée confiée aux clarinettes. A l'*Assez Modéré* de la même page, une adorable phrase du violon solo, caractérise l'humble et suave haleine des violettes qui accompagne Albine et Serge « du souffle de leurs fleurs cachées sous les feuilles ».

Les *Jacinthes* et les *Tubéreuses* « exhalant l'asphyxie, se mourant dans leur par-

fum », ne pouvaient guère être mieux spé-
cifiées que par le thème chromatique
énoncé par le hautbois, p. 36, m. 3 et suiv.,

sur un accompagnement très simple de la
harpe et du violon solo soutenu par une
pédale des altos.

Au *Modéré* de la p. 37, nous trouvons
unis l'un à l'autre, deux autres thèmes flo-
raux : celui des *Soucis* « exhalant déjà la
peste de leur décomposition », et des *Pavots*
« puant la mort, épanouissant leurs lourdes
fleurs d'un éclat fiévreux », et celui des
Belles de Nuit « piquant çà et là un trille
discret ».

La douloureuse phrase des *Soucis et des
Pavots* est confiée aux violons; les trilles des

Belles de Nuit aux clarinettes. Après une
variation du motif des *Souris et des Pavots*,
toujours aux violons, c'est maintenant le
thème des *Lys* .

qui apparaît p. 37, m. 11 et suiv., aux
flûtes, aux clarinettes et aux bassons, superposé au motif de la *Nature* (2), traité en
canon par le quatuor.

A la dernière mesure de la page 37 et
p. 38, m. 1 et suiv., voici, superposés l'un
à l'autre, les thèmes spéciaux aux *Œillets*
et aux *Héliotropes*.

Celui des *Œillets* est lancé, d'abord,
par les hautbois, puis par les flûtes et les
hautbois.

Celui des *Héliotropes*, que le compositeur,

selon une indication du texte de Zola, a
établi en forme de cantique,

est chanté par les cors, auxquels se joignent,
à partir de la cinquième mesure, les clarinettes et les bassons.

. Au **C** de la p. 38, uni au motif de la
Nature, thème des *Quarantaines*, constitué
par une « gamme descendante », toujours
selon une expression du roman, de la harpe
et des violons.

Au 3/4 de la même page, il faut remarquer la fusion de trois thèmes : ceux des
Œillets (14), aux hautbois, des *Violettes* (10),
en diminution, aux cors et de la *Nature* (2),
aux bassons, aux violoncelles et aux
contrebasses.

La fin de l'interlude est basée sur un

autre motif, celui du *Verger*, que les clarinettes, les bassons, les violons et les altos
font entendre p. 39, à l'*Assez Modéré*.

Ce thème, qui subit p. 39, m. 13 et suiv.,
une transformation, est joint, presque toujours, à une nouvelle forme de la *Nature* (2),
confiée, d'abord, aux flûtes et à la harpe,
ensuite à la clarinette, au basson, aux altos
et aux violoncelles.

Quand le rideau s'ouvre, les flûtes ramènent le motif du *Verger* (17), sous sa
forme initiale, puis, un peu plus loin, le
premier et le deuxième cors en soupirent
un fragment. Page 42, m. 18 et suiv., on
rencontre, au quatuor, une esquisse de
l'important motif de l'*Arbre* (18), dont voici
la forme principale :

Albine et Serge, maintenant dans le *Verger*, conversent tranquillement. Ils se mettent bientôt à manger des cerises. Mouret grimpe dans un cerisier et, à sa grande frayeur, Albine l'y rejoint bientôt. Ces jeux innocents se terminent par un nouvel hymne d'amour et d'adoration. A une étreinte plus forte du jeune homme, Albine, troublée de l'émoi de la vierge à l'approche du grand mystère. se dégage et s'éloigne un peu. Puis, insensiblement attirée vers Serge, elle lui saisit la main et l'entraîne à la recherche de l'arbre immense, orgueil du Paradou.

Un nouvel interlude relie ce tableau au suivant. Il débute par une transformation, aux violons, du thème de l'*Arbre* (18), qui se fait entendre à quatre reprises, séparées par des retours aux bassons, aux violoncelles et aux contrebasses, du motif de la *Tendresse* (7), en augmentation. Page 44, m. 6 et suiv., le troisième trombone et le tuba viennent renforcer les instruments précédents pour unir ce thème à la transformation de celui de l'*Arbre* qui, maintenant, est proclamée par les flûtes, les hautbois, les clarinettes et les violons. Même page, m. 15, transformation de

l'*Amour* (3), aux hautbois, aux clarinettes, aux bassons et aux cors. Page 45,
m. 1, renversement de cette transformation. La forme de l'*Arbre* (18), entendue
depuis le commencement de l'interlude, se
retrouve ensuite superposée, à deux reprises
consécutives, avec la *Nature* (2). Toujours
p. 45, un fragment de la *Tendresse* (7), est
lancé, m. 6 et suiv., par les bois, moins les
bassons, les trompettes qui cèdent, à la
reprise du motif, la place aux cors, les
violons et les altos. Mesure 11 et suiv., ce
même fragment, considérablement agrandi,
passe à la clarinette, aux bassons, à deux
cors, aux violons, aux altos et aux violoncelles.

Alors, dans un mouvement très lent, en des
sonorités assourdies, le basson, les trombones et le tuba chantent, sous sa forme
principale, le beau motif de l'*Arbre* (18). Il
subit, p. 46, m. 9 et suiv., et p. 47, un long
et intéressant développement. A citer sur-
tout l'intervention de la trompette, à partir
de la m. 14 de la page 46. Page 47, m. 3, 4
et 9, 10, sous ce développement, le thème
de l'*Arbre*, en sa forme principale, revient
d'abord au tuba, aux violoncelles et aux contrebasses, ensuite aux trombones et au tuba.

Serge et Albine, la main dans la main, s'avancent lentement, religieusement, vers l'arbre gigantesque. Des voix lointaines s'élèvent et grandissent peu à peu, vocalisant le motif du *Paradou* (5), d'abord quelque peu altéré, puis sous sa forme principale qui se développe alors magnifiquement. L'accompagnement est constitué par deux transformations du thème de la *Nature* (2), l'une p. 49. m. 1, aux cordes ; l'autre, même page, dernière mesure, aux cordes et aux flûtes, et une nouvelle forme du *Paradou* (5), p. 51, m. 3, à la clarinette. Tout ce passage est d'un poétique et enveloppant effet. Au moment où Serge et Albine vont s'étendre sous l'ombre amicale de l'arbre, le rideau se ferme sur une superposition du fragment B du *Rire d'Albine* (6), aux flûtes, aux hautbois et aux clarinettes et d'une autre forme du *Paradou* (5), aux bassons, aux cors et aux altos.

C'est l'orchestre seul qui va célébrer, maintenant, l'union des deux amants, en une symphonie où viennent se mêler presque tous les thèmes entendus depuis le début de l'ouvrage. Ce morceau est l'une des plus belles pages de la musique française. C'est un hymne ardent et enthou-

siaste, où l'Amour et la Nature sont glorifiés
avec une merveilleuse éloquence; c'est
aussi un vibrant commentaire de cet
admirable chapitre XV du roman, dont
j'ai donné, plus haut, un long extrait, de
cette extraordinaire évocation du vieux
parc en amour poussant, peu à peu, Albine
et Serge dans les bras l'un de l'autre. Toute
cette symphonie n'est, en somme, que la
traduction musicale de ce dernier para-
graphe du chapitre : « Albine se livra.
Serge la posséda. Et le jardin entier s'abima
avec le couple, dans un dernier cri de passion. Les troncs se ployèrent comme sous
un grand vent ; les herbes laissèrent échapper un sanglot d'ivresse ; les fleurs, éva-
nouies, les lèvres ouvertes, exhalèrent leur
âme ; le ciel, lui-même, tout embrasé d'un
coucher d'astre, eut des nuages immobiles,
des nuages pâmés, d'où tombait un ravissement surhumain. Et c'était une victoire
pour les bêtes, les plantes, les choses, qui
avaient voulu l'entrée de ces deux enfants
dans l'éternité de la vie. Le parc applaudissait formidablement. »

C'est quand on se trouve en présence
d'une composition semblable que l'on sent
l'impuissance de l'analyse froide et sèche

4

pour en donner la moindre idée. Aussi
bien, n'ai-je pas cette prétention, mais
simplement celle de fournir quelques points
de repère.

A la dernière mesure de la p. 53 et p. 54,
l'*Amour* (3), est chanté par les violons,
pendant que la transformation du *Paradou* (5), se maintient aux altos, avec le premier temps accentüé par un cor. Page 54,
à l'*Un peu plus Animé,* le motif des *Roses* (9),
est transformé à **C**, aux flûtes et aux
clarinettes, qui le superposent à la forme
du *Paradou*, lancée, ici, d'abord par les
bassons et les violoncelles, ensuite par
deux cors dont les appels sonores crient,
hurlent, le rut formidable du jardin. A la
dernière mesure de la p. 54 et p. 55, m. 1
et 2, le thème des *Œillets* (14), ramené par
les hautbois, s'unit à celui des *Violettes* (10),
quelque peu modifié, légèrement murmuré
par la trompette. La harpe et le quatuor
pizz font entendre, p. 55, m. 6 et suiv.,
la gamme descendante des *Quarantaines* (16),
superposée au cantique des *Héliotropes* (15),
chanté par la trompette et les trombones.
Le *Verger* (17), revient m. 12, 13, par mouvement direct, aux hautbois et aux clarinettes, et par mouvement contraire aux

cors, uni au motif du *Paradou*, au quatuor.
A la dernière mesure de cette même page 55
et p. 56, m. 1, 2, 3, sur une forme hale-
tante du *Paradou* (5), aux violons et aux
altos, les flûtes ramènent le motif des
Jacinthes et des Tubéreuses (11). La phrase
attristée des *Soucis et des Pavots* (12),
revient m. 7 et suiv.. aux mêmes instruments et à la clarinette, toujours sur la
même forme du *Paradou*. Les trilles des
Belles de Nuit s'élargissent, mollement (¹),
aux bassons et aux violoncelles, à partir de
la m. 8 et continuent, mêlées au *Paradou* (5),
sous la variation du motif des *Soucis et
des Pavots* (12), que les flûtes et le hautbois
font entendre p. 57. A l'*Un peu plus Animé*
de cette page, retour, aux violons, du
thème de la *Tendresse* (7), puis, de nouveau,
le *Paradou* en rut clame aux trompettes et
aux altos, uni avec l'*Amour* (3), qui reparaît aux bassons, aux violoncelles et aux
basses. L'*Amour* est repris, en canon, par
les flûtes, les hautbois, les clarinettes et la
harpe et alterne avec la *Tendresse* (7), toujours enveloppé de la même transformation
du *Paradou* (5). A l'*Un peu moins Animé* de

(¹) Ce motif n'existe pas, à cet endroit, dans la
réduction pour piano.

la p. 58 et p. 59, les violons ramènent et développent le motif de la *Passion* (8), pendant que le trombone solo et deux cors, lancent, tour à tour, une des transformations de celui de la *Nature* (2). Le thème complet du *Rire* (6), revient p. 59, m. 7, 8, 9, 10, puis, m. 11, 12, s'unit à celui de l'*Amour* (3), qui, après avoir été traité encore en canon, se développe à nouveau, se superposant tantôt au *Rire* (6), tantôt à divers aspects du *Paradou* (5). L'*Amour*, superposé à la *Nature*, sous une forme diminuée, subit, p. 61, m. 5, une transformation suivie aussitôt de son renversement. Mesure 9, superposition de l'*Amour* (3), proclamée par les flûtes, les hautbois, les clarinettes, les trompettes et les violons, et de l'*Arbre* (18), qui s'étale aux trombones et au tuba. Les fragments B et A du *Rire* (6), se retrouvent ensuite suivis, à l'*Un peu plus large* de la p. 61, d'une superposition de l'*Amour* (3), et de la *Nature* (2). Sous la continuation du motif de l'*Amour* (3), p. 62, m. 1, 2, 3, 4, les deux trompettes d'abord, une seule ensuite, affirment, à deux reprises, le thème de la *Tendresse* (7). Au *Modéré* de la même page, nouvelle superposition de l'*Amour* à la trompette et aux violons, et de

l'*Arbre* (18), au cor. Une des transformations du *Paradou* (5) reparaît, aussitôt
après, à la clarinette, puis la flûte soupire
une nouvelle forme, apaisée, cette fois, du
même motif. Très très loin, les voix
s'élèvent encore, vocalisant toujours le
motif du *Jardin* (5). Le rideau se rouvre sur
deux autres superpositions des thèmes de
l'*Amour* et de l'*Arbre*.

Serge et Albine marchent lentement, enla-
cés, perdus dans leur amour. Tout à coup,
ils se trouvent devant le mur du parc,
dont un pan écroulé « ouvre sur la vallée
une fenêtre de lumière ». Albine supplie
Serge de ne pas regarder, mais il est trop
tard. Le prêtre a reconnu les Artaud ; la
mémoire lui revient brusquement. Une
cloche lointaine sonne l'*Angelus*. L'abbé
tombe à genoux, pendant que les flûtes
auxquelles les clarinettes s'ajoutent pendant trois mesures, ramènent la mélodie
de l'*Eglise* (1). Le thème d'*Amour* (3), confié aux violons, s'unit à elle. p. 65, m. 1,
2, 3. Lorsque frère Archangias paraît et
durant ses reproches, le thème de la *Laideur Méchante* (4), prend possession de
l'orchestre. Le départ de Serge entraîné
par le congréganiste et la fuite éperdue

d'Albine, sont accompagnés par la partie
finale du thème de la *Laideur*, lancée par
les flûtes, les hautbois, les clarinettes et les
violons, et superposée au motif de l'*Eglise* (1),
proclamée triomphalement par les bassons,
le troisième trombone, le tuba, les violoncelles et les basses.

Avec l'acte III nous rentrons dans la
partie dramatique de l'œuvre. Le petit prélude dont il est précédé est d'une poignante
tristesse dans sa tonalité dominante de
fa mineur. Au début, les trompettes lancent,
en les accentuant rudement, les trois premières mesures du motif de l'*Eglise* (1). Le
prêtre a été reconquis par le dogme catho
lique et la discipline ecclésiastique. Comme
une timide protestation de la Nature et de
la Vie, les flûtes et les clarinettes insinuent,
doucement, le thème du *Paradou* (5), qui
est presque aussitôt étouffé par la suite de la
mélodie liturgique continuée par les trompettes. Le *Paradou* essaie encore de faire
entendre sa voix, mais la phrase de l'*Eglise*
est la plus forte et elle s'achève triomphalement. Pourtant, le thème du *Paradou*, aux
hautbois, au premier et au troisième cors
et aux violons sur la quatrième corde,
reparaît de nouveau, cette fois moins timi-

dement. Le même motif est redit aussitôt, légèrement altéré, par les deuxième et quatrième cors et les altos. Enfin, l'*Amour* (3), fait une courte réapparition aux bassons, aux violoncelles et aux contrebasses.

La scène se passe, maintenant, dans l'Eglise où l'abbé Mouret achève le mariage du grand Fortuné avec Rosalie, au milieu des bavardages des filles du village. Après une tentative du docteur Pascal pour emmener son neveu au Paradou, Albine survient et essaie vainement de reprendre son amant. Cette scène, essentiellement théâtrale, est d'une émotionnante beauté.

Le rideau tombe sur une transformation du motif de l'*Eglise* (1), aux bassons, aux violoncelles et aux basses, suivie d'une forme du *Paradou* (5), aux flûtes, aux trompettes, aux violons et aux altos.

Le quatrième acte nous ramène au Paradou. Le prélude est intitulé la *Tristesse du Jardin*. Il correspond à l'interlude du second acte, la *Joie du Jardin*, mais, maintenant, tous les thèmes sont endeuillés dans la mélancolie du mode mineur. Les altos font entendre, pendant deux mesures, une des formes du thème du *Paradou* ; la fin de la page 70, la page 71 et la première mesure de la page 72 sont, sauf la tonalité et l'instrumentation, la reproduction des vingt premières mesures du N° 4. Au *Premier Mouvement* de la p. 72, les flûtes et les clarinettes superposent l'une des formes du *Paradou* (5) au thème de la *Tendresse* (7), confié au troisième trombone et au tuba. A la m. 6, ce dernier motif, passe aux hautbois et celui du *Paradou* aux bassons et aux violoncelles. Mesures 10 et 11, une autre transformation du *Paradou* est amenée par les violons, tandis que la formule d'accompagnement, issue du même thème, est confiée aux clarinettes et aux altos. Le motif de la *Tendresse* est redit p. 73, m. 1 et suiv., par la trompette, toujours uni à la même forme du *Paradou* (5), puis des fragments de ces deux thèmes alternent ensemble. Les mesures comprises entre l'*Assez Lent* de la p. 73 et l'*Assez Lent* de la p. 74 reproduisent, différemment harmonisées mais avec une instrumentation identique, le passage compris entre les mesures 5 et 14 de la p. 28. Ce prélude se termine par les motifs de la *Tendresse* (7) à la trompette et de l'*Amour* (3) aux hautbois.

Derrière la brèche du mur d'enceinte, Albine attend son amant. Mouret s'est

subitement décidé à venir. Il arrive ; mais,
du premier coup, la jeune fille s'aperçoit
du changement qui s'est produit en lui. Elle
espère que, sous l'arbre où elle se donna,
elle pourra, quand même, le reprendre
et elle l'emmène tout chancelant « dans le
silence frissonnant de l'automne ».

L'interlude qui unit les neuvième et
dixième tableaux commence par ramener
le motif d'*Amour* (3) d'abord aux clarinettes, puis aux flûtes, enfin, en valeurs
diminuées, aux hautbois et aux clarinettes,
le tout sur de plaintives harmonies confiées à trois violoncelles-soli et relevées, çà
et là, par une tenue de cor ou la vibration
très atténuée d'une cymbale frappée avec la
mailloche de la grosse caisse. Au *Très Lent* de
la p. 75 et p. 76, m. 1, l'*Amour* (3), aux bois,
moins les bassons, aux trompettes et aux
violons, se superpose au thème de l'*Arbre* (18)
qui, maintenant, reparaît tout attristé aux
trombones et au tuba. Ce dernier motif se
développe ensuite et s'unit p. 76, ligne
supplémentaire, à un fragment de phrase
qui relie, de temps à autre, le thème de
l'*Amour* (3) à celui de l'*Eglise* (1). Cette
fusion semble figurer, ici, l'hésitation de
Serge, son tourment, sa lutte. Page 77,

l'*Arbre* (18) revient encore, soit seul, soit
avec l'*Amour*. Quand le rideau s'ouvre sur
le coin du parc où se dresse l'arbre géant,
une transformation de la *Tendresse* (7) passe
au quatuor.

En ce lieu, témoin de leur première
étreinte, Albine fait un suprême effort pour
reconquérir Serge. Mais c'est en vain
que le prêtre veut aimer encore. Il a
sur les épaules comme « une robe glacée
qui se colle à sa peau et qui, de la tête aux
pieds, lui fait un corps de pierre ». Tous
les bonheurs que la jeune fille lui offre en
perspective le laisse insensible. Il ne peut
plus ! Il ne peut plus ! Les bois font entendre alors p. 78, m. 1, une transformation de la *Tendresse* (7), puis, en valeurs
diminuées, les cors clament le thème
d'*Amour* (3). Et voici que s'élèvent les voix
du jardin, non plus, comme précédem-
ment, dans l'amoureuse tonalité de *ré bémol*
majeur, mais dans toute la tristesse de
celui d'*ut dièze* mineur. Les mêmes transformations des motifs de la *Nature* (2) et du
Paradou (5) les accompagnent. Non ! le
Paradou n'est pas mort ; il est toujours là
pour leur crier de s'aimer. Lâchement
l'abbé se contente de pleurer. Alors, saisie

de mépris pour cet homme qui n'en est plus un, Albine le chasse. Les bassons et les cuivres, moins les cors, font entendre p. 81, m. 1, 2, une transformation de la *Tendresse* (7).

La partie essentiellement lyrique de l'ouvrage recommence maintenant. Albine, comme une bête blessée, va parcourir à nouveau tous les endroits du parc où jadis elle conduisit Serge et s'arrêter, quelques instants, à chacune des stations de ce calvaire d'amour.

Au début de l'interlude qui se déroule pendant le changement du décor, l'*Amour* (3), murmuré par deux cors, s'unit à l'*Arbre* (18) chanté par les violoncelles et les contrebasses. On trouve ensuite à la clarinette une des transformations du *Paradou* (5). A l'*Un peu plus Lent* de la p. 83, il importe de remarquer la superposition de deux transformations intéressantes de la *Tendresse* (7). L'une, calme, est confiée aux altos ; l'autre, oppressée, aux violoncelles. Sur une des formes de la *Nature* (2) lancée d'abord, alternativement, par le quatrième et le second cors, puis par les quatre cors, le motif de la *Passion d'Albine* reparaît aux hautbois, p. 84, m. 2 et suiv. Au *Modéré-*

ment Lent de la même page, le *Verger* (17)
revient aux flûtes, aux hautbois, aux clarinettes, aux trompettes et aux violons,
alternant avec la *Tendresse* (7), aux bassons,
aux cors et aux altos, sous la première
des transformations signalées tout à l'heure.
Quand le rideau s'ouvre, le thème du *Verger* (17), maintenant en mineur, apparaît à
la fois par mouvement direct et par mouvement contraire, suivi d'une de ses formes.

Dans le verger, tout défeuillé et noyé
dans la brume automnale, Albine croit
comprendre que la grande voix du Para
dou lui commande de mourir. Le monologue de la pauvre enfant désespérée
est accompagné par un mélodrame où se
rencontre le dernier *leitmotiv* de l'ouvrage.
Il symbolise les *Herbes* (19) dont il exprime
à merveille les ondulations flexibles. Ce
thème est exposé au *Lent* de la p. 86 par le
violoncelle solo :

Le *Verger* (1) reparaît aux flûtes, puis les
Herbes (19) passent au violon solo sur un
délicat accompagnement d'un second violon
solo, de l'alto solo et du violoncelle solo.
Page 87, m. 7 et suiv., trois premiers et
trois seconds violons soli, puis trois altos
soli et trois violoncelles soli murmurent
une importante transformation du *Paradou* (5) qui devient, sous cet aspect, comme
le thème de la Mort.

Un nouvel interlude sépare ce tableau du
suivant. Le motif du *Verger* (17), aux clarinettes, alterne avec celui de la *Tendresse* (7)
sous l'une de ses formes, aux bassons et
aux altos, et celui des *Herbes* (19) au hautbois. A l'*Assez Vif* de la p. 88, les flûtes,
sur un trille persistant des premiers violons et une longue tenue du troisième cor,
ramènent, cette fois, dans le ton de *sol dièze*
mineur, le motif des *Roses* (9). Le second
motif des *Roses* (9 *bis*) se retrouve, à son
tour, p. 89, m. 5 et suiv. Même page, m. 13,
14, 15, 16, superposition des *Roses* (9) par
mouvement direct aux flûtes et par mouvement contraire aux clarinettes. Toujours
même page, *Au plus Vif*, pendant que les
Roses (9) continuent aux altos, les violons
leur superposent une tranformation du frag-

ment A du *Rire d'Albine* (6). Page 90, m. 5
et suiv., c'est à présent l'*Amour* (3), chanté
par les flûtes, les hautbois, les clarinettes
qui s'unit aux *Roses* (9) effeuillées tantôt par
les violoncelles, tantôt par les altos, les
bassons et les clarinettes. A l'*Assez Vif* de
de la p. 91, le second thème des *Roses* (9 *bis*)
est lancé *ff* par les bois, moins les bassons,
les trompettes, les violons et les altos, sur
des trilles des cors et des violoncelles.
Même page, m. 13 et suiv., pendant que les
Roses (9) persistent aux violons les cors
font entendre, sous une forme très augmentée, le motif de la *Tendresse* (7).

Arrivée dans le bois de roses, Albine
comprend, d'une façon nette, que c'est par
les fleurs que la mort qu'elle attend doit
lui venir. Ce nouveau monologue est soutenu par un mélodrame d'une infinie délicatesse d'instrumentation. Sur les trilles
du violoncelle solo, les flûtes redisent
encore le motif des *Roses* (9), puis le violon
solo déroule celui des *Violettes* (10) en
valeurs augmentées. Le hautbois ramène
ensuite la phrase des *Œillets* (14). A l'*Assez
Lent* de la p. 92, la transformation funèbre
du *Paradou* (5) reparaît aux mêmes instruments que p. 87. Le fragment A du *Rire d'Al-*

bine (6) vibre aux flûtes et à la clarinette p. 93, m. 1, 2, 3, 4. Au *Modérément Animé* de cette page, le hautbois soupire le thème des *Jacinthes et des Tubéreuses* (11), puis les notes douloureuses des *Soucis et des Pavots* (12). Les *Roses* (9) chantent ensuite, alternativement, à deux premiers violons soli et à la clarinette, sous des trilles de flûte. Le second thème des *Roses* (9 *bis*) revient à trois violons soli p. 94, m. 13 et suiv. Au *Moins Animé* de cette page, superposition des *Œillets* (14), toujours au hautbois, et des *Belles de Nuit* au basson. Mesures 23, 24 et p. 95, m. 1, 2, la clarinette superpose le cantique des *Héliotropes* (15) à la gamme des *Quarantaines* (16) descendue par la harpe. Page 95, les *Jacinthes et les Tubéreuses* (11) passent à la flûte; les *Soucis et les Pavots* (12) reviennent au hautbois.

L'interlude qui suit a pour titre le *Jardin dans la Nuit*. Sur le motif de la *Tendresse* (7), de plus en plus élargi et pleuré par le cor, passent successivement le thème des *Roses* (9), aux violons ; une transformation de celui des *Violettes* (10), à la clarinette ; ceux des *Œillets* (14), aux hautbois et des *Lys* (13), aux flûtes et aux clarinettes. Page 97, m. 12, 13, 14, 15, la phrase des *Soucis*

et des Pavots (12), est traitée en augmentation par les violons. La harpe et les contre-
basses font entendre, après, en valeurs très
augmentées aussi, le thème du *Paradou* (5).
Les *Jacinthes et les Tubéreuses* (11), confiées
aux flûtes, se superposent p. 98, m. 8 et
suiv. aux *Lys* (13), égrenés par le cor. Ce
dernier thème s'unit ensuite à celui du
Paradou. Les hautbois et les clarinettes
entonnent, p. 99, le cantique des *Héliotropes*
(15), superposé au thème des *Quarantaines*
qui revient à la harpe et au quatuor en
pizzicati. Les *Lys* (13) passés; maintenant,
aux flûtes et aux clarinettes se superposent
à la forme très augmentée du *Paradou* (5),
chantée successivement par le basson, le
cor et chaque instrument du quatuor.

Le rideau se rouvre sur le coin du Paradou déjà vu au deuxième tableau de l'acte II.
A la brume d'automne, la nuit vient
encore ajouter son ombre. Le motif du
Paradou (5), très élargi, éclate *ff.* aux flûtes,
aux hautbois, aux clarinettes, aux trompettes et aux violons sur la gamme descen-
dant des *Quarantaines* (16), ramenée par les
bassons, le troisième trombone, le tuba,
les violoncelles et les basses. Au 3/4 de la
p. 100, le hautbois redit, dans sa forme

principale, le motif du *Paradou*. Albine
paraît, serrant sur sa poitrine une immense
brassée de fleurs. Les quelques mots qu'elle
adresse au jardin, au moment où elle
s'apprête à le quitter pour toujours, sont
commentés par la phrase du *Paradou* (5),
murmurée par les violoncelles et les
contre-basses, puis par une altération
de ce même thème, p. 101, m. 4, 5, 6,
7, aux bassons. A l'*Extrêmement Lent* de
cette page se rencontre une très intéres-
sante transformation à 5/4 du motif des
Herbes (19), par mouvement direct aux
hautbois, aux clarinettes, aux cors, aux
trompettes, aux violons et aux altos ; par
mouvement contraire aux bassons, aux
violoncelles et aux basses. A la dernière
mesure de cette page, le *Paradou* revient,
lui aussi, à 5/4 et, p. 102, m. 1 et suiv., la
Nature (2), que les cors et ensuite les hautbois superposent aux *Herbes* (19), d'abord
ramenées par la harpe, les violoncelles et
les contre-basses, ensuite par les bassons.
La trompette fait entendre alors le *Paradou*,
sous sa forme primitive et le rideau se ferme
sur des rappels de la *Nature* (2), aux flûtes,
au hautbois, au cor et au basson.

Et le dernier interlude commence.

5

Lentement, la clarinette pleure à deux
reprises, une transformation à **C**, en valeurs
augmentées, mais toutes égales, du motif de
la *Tendresse* (7), tandis que celui des *Lys*
(13) est traité en diminution par les seconds
violons. Toujours au-dessus du calme
accompagnement des *Lys*, la clarinette et les
premiers violons ramènent p. 104. m. 1 et
suiv. le thème de la *Passion* (8), augmenté,
lui aussi, et qui s'épanouit peu à peu plus
chaleureusement, en une instrumentation
renforcée.

Albine entre dans la chambre et, après
avoir calfeutré toutes les fermetures, elle
s'étend sur le lit au milieu de l'amoncel-
lement des fleurs dont le parfum va lui
« faire un mort heureuse. »

Les hautbois et les clarinettes sussurent
la forme funèbre du *Paradou*, qui passe
ensuite aux cors puis au basson. Alors sur
une autre des transformations du même
motif, lancé par la harpe, les flûtes
ramènent celui de l'*Amour* (3). Au *Très
Lent* de la p. 107, le *Paradou* (5), revient
encore aux altos et aux contre-basses, cette
fois, sous sa forme principale.

« Les mains jointes sur son cœur, Albine
continue à sourire, tandis que l'orchestre

parle seul. C'est d'abord un prélude gai,
enfantin ; ses mains qui ont tordu les verdures odorantes, exhalent l'âpreté des
herbes foulées, lui content ses courses de
gamine au milieu des sauvageries du Paradou ». La musique suit, pas à pas, les indications du roman. A l'*Assez Animé* de la
p. 107 et p. 108, le célesta, alternant avec
le hautbois, fait ondoyer le thème si flexible
des *Herbes* (19) sur des tenues de cors et
un léger accompagnement du violoncelle
solo, puis des violons et des altos. Page 109,
m. 2, le fragment B. du *Rire* d'Albine (6),
reparaît au violon solo, tandis qu'une des
formes du *Paradou* (5) monte du violoncelle
solo à l'alto solo. « Ensuite un chant de
flûte se fait entendre, de petites notes
musquées qui s'égrènent du tas de violettes
posé sur la table, près du chevet ; et cette
flûte, brodant sa mélodie, sur l'haleine
calme, l'accompagnement régulier des lys
de la console, chante les premiers charmes
de son amour, le premier aveu, le premier
baiser sous le futaie ». Au 9/8 de la p. 109,
le thème des *Violettes* (10), superposé à
celui des *Lys* (13) exhalé par les clarinettes,
subit à la flûte une délicieuse transformation. « Mais elle suffoque davantage ; la

passion arrive avec l'éclat brusque des
œillets, à l'odeur poivrée, dont la voix de
cuivre domine un moment toutes les autres
On croit qu'elle va agoniser dans la phrase
maladive des soucis et des pavots qui lui
rappellent les tourments de ses désirs. »
Toujours sur les *Lys* (13), maintenant
chantés par les clarinettes et deux cors, les
hautbois font entendre la phrase des *Œillets*
(14). A partir de la m. 8 de la p. 110, les *Lys*,
à 12/8 à présent, sont chantés par les cors
seuls. Ils s'unissent au thème des *Soucis et
des Pavots* (12) dit par les violons. Mesure
12, les hautbois et les clarinettes reprennent les *Œillets* (14). Mesure 13, on rencontre une fusion de trois thèmes : les
Œillets, (14) les *Lys* (13) et les *Soucis et les
Pavots* (12). Unie au calme accompa-
gnant des *Lys*, continuant toujours à deux
cors renforcés par les bassons, et aux
Œillets déroulés par les hautbois et les
clarinettes, avec, au bout de trois mesures
adjonction de la trompette, voici qu'apparaît
p. 111, m 2 et suiv., au célesta et aux
violons, une transformation d'un fragment
du thème de la *Passion* (8).

« Et brusquement tout s'apaise ; elle
respire plus librement, elle glisse à une

douceur très grande, bercée par la gamme
descendante des quarantaines, se ralentis-
sant, se noyant jusqu'au cantique adorable
des héliotropes, dont les haleines de vanille
disent l'approche des noces. Les belles de
nuit piquent çà et là un trille discret. »

A L'*Assez Lent* de la p. 111, le motif des
Héliotropes (15) chanté par les bois, moins
les bassons, et la trompette se superpose à
celui des *Quarantaines* (16) dit par la harpe, les
altos, les violoncelles, *pizzicati* et les contre-
basses. Sur ce dernier thème, aux mêmes
instruments, et sur celui des *Belles de Nuit*
(12) aux bassons et aux cors, la phrase de
la *Tendresse* (7) reparaît p. 112, m. 7 et suiv.,
transformée dans le rythme du cantique
des *Héliotropes* par les flûtes, les hautbois,
les clarinettes et les violons.

« Puis il y a un silence. Les roses, lan-
guissamment, font leur entrée. Du plafond
coulent des voix, un chœur lointain. C'est
un ensemble large qu'elle écoute, au début,
avec un léger frisson. Le chœur s'enfle ; elle
est bientôt toute vibrante des sonorités
prodigieuses qui éclatent autour d'elle. Les
noces sont venues, les fanfares des roses
annoncent l'instant redoutable. »

Sur des trilles persistants de l'alto solo

et du violoncelle solo, sur les arpèges du celesta et une longue pédale de cor, les soprani et contralti murmurent, d'abord, le second thème des *Roses* (9 bis), puis le premier motif (9) est ramené en mouvement direct par les soprani, en mouvement contraire par les contralti. Les premiers violons divisés redisent le thème des *Roses* (9) qui, au plus *Animé* de la p. 114, est repris par les voix doublées par les flûtes, les clarinettes et le célesta, tandis que les trompettes et le premier trombone font entendre pianissimo, le second motif des *Roses* (9 bis). Page 114, m. 13, 14, 15, 16, et p. 115, m. 1, 2, 3. les *Roses* (9), aux voix, s'unissent à la phrase des *Jacinthes et des Tubéreuses* (11) aux flûtes.

Et maintenant, c'est la mort. Albine expire doucement, suffoquée par l'haleine puissante des fleurs. Page 115, m. 5 et suiv., les trombones pianissimo ramènent le fragment A du motif du *Rire d'Albine* (6) ; la flûte lance ensuite le fragment B, puis le thème des *Jacinthes et des Tubéreuses* (11. Le rideau se ferme définitivement sur le motif de l'*Arbre* (18) doucement affirmé par les cors et le quatuor, auxquels se joignent, au bout de deux mesures, les hautbois, les clarinettes et les bassons.

⁎ ⁎

La *Faute de l'Abbé Mouret* me paraît occuper une place capitale dans l'œuvre d'Alfred Bruneau. Jamais le compositeur n'avait écrit une partition aussi fouillée. Mais si le travail symphonique y est toujours du plus puissant intérêt, il n'est pas, comme chez d'autres musiciens, la seule qualité recommandant cet ouvrage à l'admiration de tous les esprits indépendant qui se tiennent en dehors des jalousies de certaines chapelles. La *Faute de l'Abbé Mouret* vaut aussi, et avant tout, par la hauteur de l'inspiration, la fraîche beauté des idées mélodiques, leur force expressive et leur abondante richesse. La musique d'une envolée superbe, d'une instrumentation prestigieuse, malgré un orchestre d'une composition très simple (¹), d'une conception tour à tour sévère, gracieuse, enjouée, passionnée ou triste, souligne avec

---

(¹) Le quatuor des bois et des cors, quatre cors, deux trompettes, trois trombones, un tuba, une harpe, timbales, grosse caisse, cymbales ; exceptionnellement, célesta.

une extraordinaire intensité, les diverses situations du drame. Les scènes du Paradou sont traitées, notamment, avec une admirable ampleur. La Nature fut toujours pour Bruneau une inspiratrice heureuse, — il suffit de rappeler *Messidor* et l'*Ouragan*; — elle l'a été une fois de plus. Jamais, comme dans la *Faute de l'Abbé Mouret*, le musicien ne l'avait aussi splendidement chantée.

Nantes. — Imp. F. Salières, 12, rue Santeuil.

DU MÊME AUTEUR

~~~~~

Études analytiques, critiques, thématiques

L'Attaque du Moulin, d'*Alfred Bruneau*.
Briséis, d'*Emmanuel Chabrier*.
Consonnances et Dissonances.
Le Chant de la Cloche, de *Vincent d'Indy*.
Emmanuel Chabrier et Gwendoline.
L'Enfant-Roi, d'*Alfred Bruneau*.
L'Étranger, de *Vincent d'Indy*.
L'Évolution musicale chez Verdi : Aida, Othello, Falstaff.
Les Femmes dans l'œuvre de Richard Wagner, avec une préface d'*Alfred Bruneau* et vingt dessins d'*A. de Broca*.
Fervaal, de *Vincent d'Indy*.
Hænsel et Gretel, d'*E. Humperdinck*.
Kérim, Le Requiem, La Belle au Bois Dormant, Penthésilée, Les Lieds de France, Les Chansons a Danser, d'*Alfred Bruneau*.
Les Interprètes musicaux du Faust de Gœthe (épuisé).
Messidor, d'*Alfred Bruneau*.
Naïs Micoulin, d'*Alfred Bruneau*.
L'Œuvre lyrique de César Franck.
L'Œuvre théâtral de Meyerbeer.
L'Ouragan, d'*Alfred Bruneau*.
Proserpine, de *Saint-Saëns*.
Le Rêve, d'*Alfred Bruneau*.
Samson et Dalila, de *Saint-Saëns*.
Sancho, de *E. Jaques-Dalcroze*.
Tannhæuser.
Les Troyens, de *Berlioz*.
Le Vaisseau-Fantôme.

Ouvrages divers

Collot d'Herbois a Nantes, d'après une pièce originale découverte dans les Archives de la Ville.
Dix jours a Bayreuth.
Le Théatre a Nantes depuis ses origines jusqu'a nos jours (1430-1901), avec dix gravures et un portrait.
Notes de Voyage.
Souvenirs de Bayreuth.

www.ingramcontent.com/pod-product-compliance
Lightning Source LLC
Chambersburg PA
CBHW070808260626
47161CB00006B/2201